我的單身不命苦

3

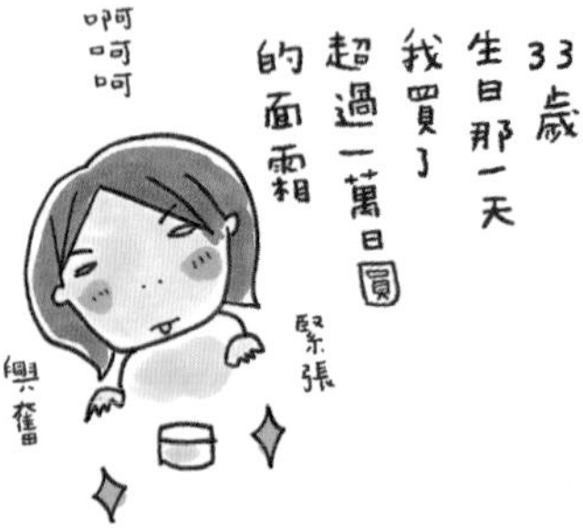

33歲生日那一天我買了超過一萬日圓的面霜
啊呵呵呵
緊張
興奮

我的單身不命苦 3

CONTENTS

哇~
一萬日圓的面霜耶
興奮
興奮
緊張
緊張

這要在特別的日子前使用…
話是這樣講啦，但到底有沒有這一天呢…
該不會就這樣一直擺著不用吧~
緊張
緊張

大家好

您好，我是森下惠美子。
打從內心感謝您購買了
《我的單身不命苦③》
這個系列發行到第3集，
總算進入完結篇。
比起《我的單身不命苦①》的時代，
現在的我已經(算是)

適應了「30歲單身」的生活。
接下來我想更進一步，
畫出一本「超完美的
30歲單身生活」（希望啦）
然後我就可以正式告別
這「30歲單身」的日子吧。
今後懇請各位讀者大人，
繼續給我支持與鼓勵。

有男友嗎？

但每本雜誌報導中
對於有無男友的
比例不太相同
〈美容院〉
千人問卷調查
真實的戀愛自白書
立即了解
大家的
最新戀情！
哼哼
青少女雜誌裡
「有男友」居多
沒有
有
目前有男友嗎？
咦？
沒有
有
上班族女性
則是一半一半
沒有
有
甚麼～
這個世界上
竟然有將近
一半的女性沒男友耶
喔
ㄜ…於是
我做了許多調查
可能
是因為
自己屬於『沒有』的那一邊吧……
問卷調查對象為
20～30歲單身女性
對象外

現實的情況是？

星期六的夜晚
下班回家路上經過超市，
店裡幾乎是
出雙入對的男女，
看得我一臉茫然

…

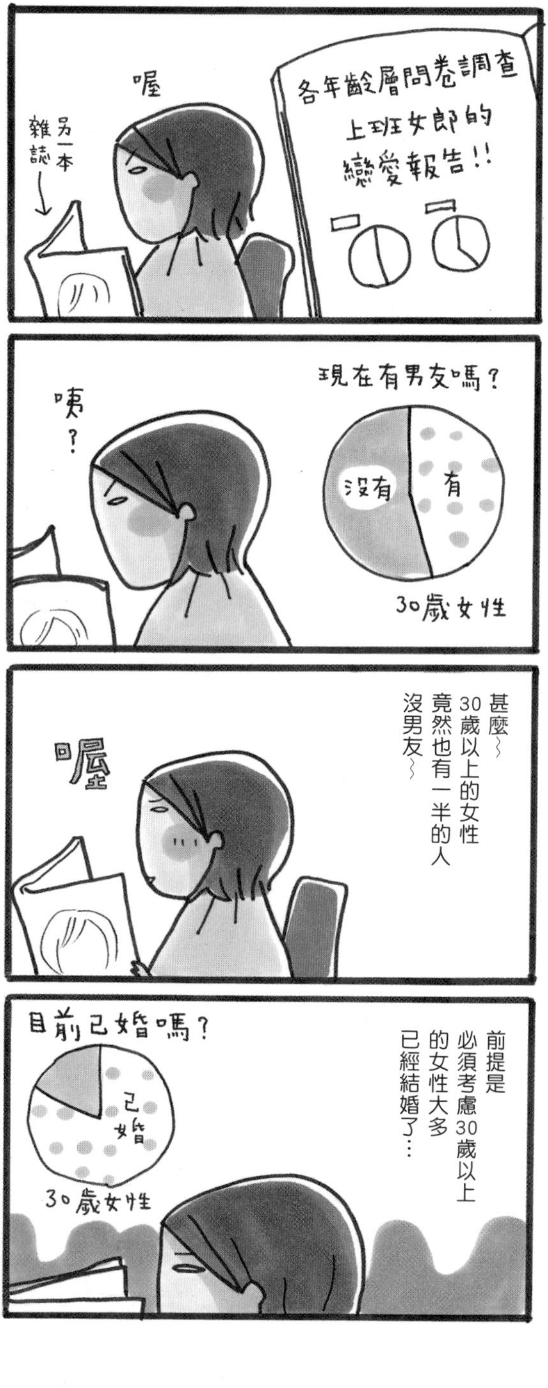
喔
另一本雜誌
各年齡層問卷調查
上班女郎的戀愛報告!!
咦？
現在有男友嗎？
沒有
有
30歲女性
喔
甚麼～30歲以上的女性竟然也有一半的人沒男友～
目前已婚嗎？
已婚
30歲女性
前提是必須考慮30歲以上的女性大多已經結婚了…

問卷調查

Q 不結婚的理由是？
…沒有結婚對象

Q 打算甚麼時候結婚？
…隨時都行

Q 目前有結婚計劃嗎？
…好像有又好像沒有
（的沒有）

啤酒與我

脖子變紅就是最好的證明

過程

20歲出頭
唉唷～～～
今天很不想
化妝耶～～～
唉～
糟糕—
睡過頭了啦～
但至少得
描個眉形吧
先洗個臉
就這樣直接
出門上班去
現在
嗯—
不上點口紅
不好看啦
啊～
這黑眼圈
得遮一下，
氣色也得
看起來好一點…
啊～睡過
頭了啦～
結果，
不整個化好
根本出不了門哪～
不好意思，
我會遲到
半小時左右
就算
會遲到，
還是要留時間
把妝化好

同學會

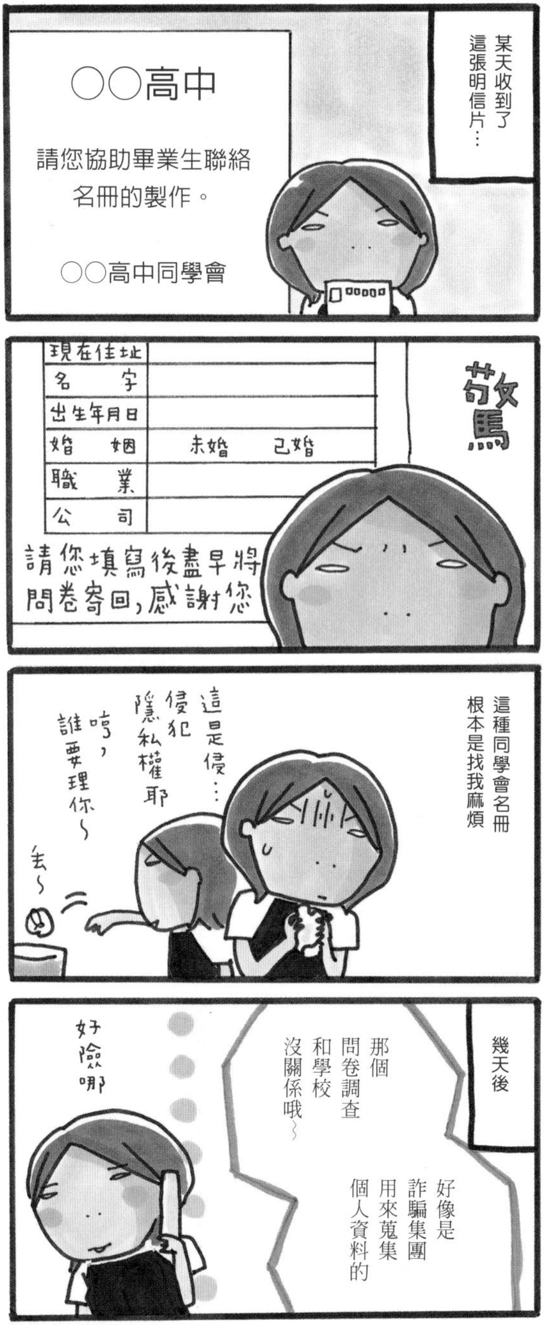

某天收到了這張明信片…
○○高中
請您協助畢業生聯絡名冊的製作。
○○高中同學會
敬馬
現在住址
名字
出生年月日
婚姻 未婚 己婚
職業
公司
請您填寫後盡早將問卷寄回，感謝您
這種同學會名冊根本是找我麻煩
這是侵…侵犯隱私權耶
哼，誰要理你～
丟～
幾天後
那個問卷調查和學校沒關係哦～
好像是詐騙集團用來蒐集個人資料的
好險哪

因為人家一點兒也不想參加同學會嘛…

以前的我

啊
森下小姐，不好意思，打擾您工作了
和剛進公司的菜鳥相差10歲以上
很緊張的樣子
呵呵呵
ㄜ…有點事情想要請教您
完全不明白她們在想些甚麼…
哈—
哇—
以前我和年紀比我大、看起來很兇的前輩講話時，也是嚇得要命呢
哈哈哈
請、請教您
也搞不清楚誰是誰
哈—
哇—
咦？年紀比我大、看起來很兇的前輩…我嗎？
驚
ㄟ？是我嗎？
是喔？是我啊？
自己講出來都有點嚇到了
甚至連她們的名字也記不得…
咦？
難道這就是老化？

乖巧的理由…

垃圾桶
也許在某處，有個人正看著這裡發生的事呢
我先下班了
哇—
像是超帥的單身男子之類的
或者是月下老人…
嗯，乖女孩，賜妳個好姻緣吧
捐獻箱
請原諒我懷著私心做善事哪…

處處有機會

你們知道公司最近成立了健身俱樂部嗎？
要不要一起去試試看？
有瑜伽也有皮拉提斯哦
啊，那是女性專用的健身俱樂部耶
是喔～
眞不錯呢～
聽起來滿無聊的～
為了男友想瘦身的人
咦？
想找戀愛對象的人

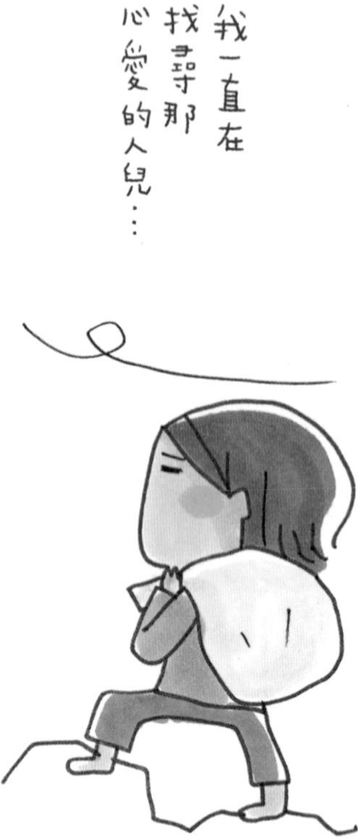
我一直在找尋那心愛的人兒…

30歲雙人組
防範周全
野外求生服

惠美子的送舊與迎新

12月31日 除夕夜
當然還是要上班
嘩
嘩
歡迎光臨～
虛脫
辛苦了～
好累…
惠美子要回老家過年嗎？
吸油
大概…會回去吧…
只是有點煩耶～我現在累得要命，2號還有排班，但不回家去又不行
可是～
根本就不想回去嘛…
呵呵呵…
碎碎唸
碎碎唸
保濕
噴ー
每一年都提不起興趣回老家的我…
再見～新年快樂～

20幾歲的時候
回老家
我回來了
有沒有吃飯哪？
怎麼瘦成這樣？
若是一般30多歲的女性
回娘家
回來啦
喔—
到了呀—
外公
外婆
我的情況（30歲・單身）
既不是要幫忙帶小孩的年紀
又沒有要帶孫子回去
一個每年回老家
都沒啥改變的女兒，
心裡總覺得對不起父母
畢竟是過年
總得回家探望一下二老，
表達孝心吧
唉—
我和老家的關係，
總是糾葛著
一股罪惡感…
就是這樣囉

等老爸年紀大了~
就買台露營車，到處旅行去~
不錯吧~露營車買中古的就行了~
喔…我對這類話題實在沒啥興趣啊…
但既然回來了，總得盡點孝心，耐著性子聽…
聽起來不錯哦~
是喔~
喝醉了
對吧~
真羨慕老哥的我行我素…
呼嚕~
惠美子~
明天叔叔伯伯們會來家裡，妳來幫忙吧
早上8點就要起床把家裡整理乾淨哦
別忘了
用過的東西要放回原處
聽見了
好啦~
嗯
還有
最後離開的人要把爐子關掉
要洗的衣服今天要拿出來給我
還有啊
還有
抱…抱歉，我上班很累，先去睡了…
好啦好啦

1月1日元旦
表姊妹們還有
老妹夫妻倆
都來家裡
祝大家
新年快樂
老妹夫妻
新婚
表姊妹
預定明年結婚
追求者眾多，有個交往已久的男友
老哥
升部長了
叔父
開的店上了電視節目
老爸
考取執照了
相互談論著愉快話題的一家人
熱鬧
滾滾
是喔，真厲害！
呵哈哈
那很好啊
呵呵呵
我…我也好想
跟大家報告一些
愉快的事情喔…
さ…

關於我的
愉快話題嗎
有啊
我參加達文西
comic essay大賽
不但得了獎
作品還被
出版成書哦
可是這種事
我說不出口…
因為
書名是…
內容也…
我的單身不命苦
寫的都是
一些我不好意思
說出來的事…
呵呵
如果
跟他們講
現在
沒男友的事
不就曝光了
重點
出現
其他的
愉快話題嘛…
好像…
沒有了…

關於這本圖文書出版的事…
只有我老哥一個人知道…
（同事與朋友們也都不知情…）
（30多歲單身、我行我素）
老哥的感想是
畫這種東西，妳根本就是豁出去了嘛～
乀…這是哪門子的感想啊…
替我守住秘密的老哥甚麼都沒跟父母說…
這傢伙就算想說，那種內容…也說不出口吧…
謝謝你，老哥…
人數漸漸增加的…
宴會進入最高潮
20出頭的女子組
這件洋裝好可愛喔～
中年男子組
哈哈哈
呀～
我趁機悄悄撤離現場

和狗狗一起玩
（回老家的最大樂事）
你真是可愛呀
嘿～咻
咕哩咕哩
汪
汪
晚宴終於結束了
真是的
做事前要想清楚嘛
嗯，對呀，一般人都是這樣的啦
洗
洗
嗶咚
嗶咚
（藏在心裡的變色計時器）
時間到
該回去了！
讓我說明一下，我將回老家當乖女兒的時間設定在24小時
嗶咚
嗶咚
過了這個時間，我就變回原來的那個我了！
原來的我
↓
唉唷～嘮嘮叨叨煩不煩哪。
馬上一副想吵架的模樣！
我明天還要上班，先回去了～
改天再來！
轉身
飛走

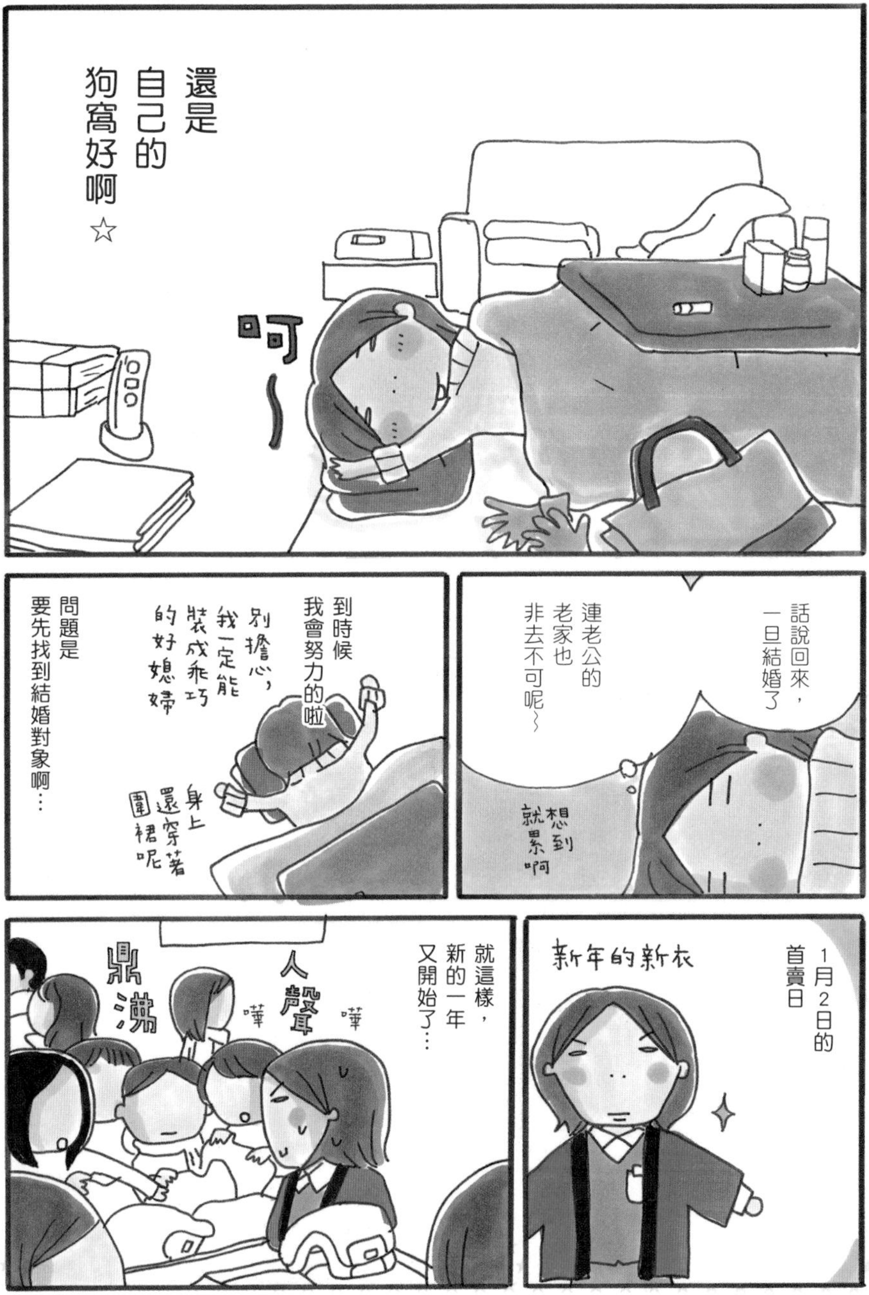
還是自己的狗窩好啊☆
呵～
話說回來，一旦結婚了
連老公的老家也非去不可呢～
想到就累啊
到時候我會努力的啦
別擔心，我一定能裝成乖巧的好媳婦
身上還穿著圍裙呢
問題是要先找到結婚對象啊…
1月2日的首賣日
新年的新衣
就這樣，新的一年又開始了…
人聲
鼎沸
嘩
嘩

衣中自有歷史

嗯~
這件太緊
已經不能穿了~
畢竟是
瘦的時候買的…
嶄新
等我
哪天變瘦了，
還是可以
再拿出來穿
先收在這裡好了
這是變胖時
買的衣服~
好大件喔
等我
哪天懷孕了，
還是可以
再拿出來穿…
先放在這裡好了
祈求穿到這些衣服的日子
早~點到來
啪啪
懷孕時要穿的衣服
變瘦時要穿的衣服

危險的晚上

早上起床時眉間竟然出現了皺紋…
超明顯…
客人投訴
嘩－
嘩－
最近老是夢到這些…
唔…
嗚…
可能是因為做惡夢吧～
如果能做些好夢就好了…
噴
噴
啪－
睡前看一些好笑的漫畫
噗哈
或者睡前想些開心的事情
可能是…我的努力奏效了吧，昨晚做了個超開心的好夢…
呵呵哈
起床時臉上有笑紋呢…

怎麼辦啦？

迷迷糊糊地
沒卸妝就睡了…
皮膚粗糙
而且還是窩在被爐裡睡著…
就算每天
都勤於保養…
只要一個晚上沒注意，
皺紋就跑出來了
好明顯的
乾燥紋…
天哪－
我徹底
被打敗了～
一天到晚
就為了
這一條兩條
皺紋煩惱
（不想管了…）
擠擠～
這皺紋
是跟定我了
嗚～
嘿嘿～
哈哈…哈
啊…
哇啊－
變得更乾燥、
紋路更深了
看到10年後
的自己…
保鮮膜

重要的日子

啊，森下小姐
驚
緩行
悄聲
心慌
意亂
別緊張，鎮定點
抱歉
喀啦
不要這麼緊張啦
呼ー
昨天的銷售額—
不好意思，等一下拿去給您～
沒錯，今天是健康檢查有問題的人複檢的日子
血壓太高沒過關
好，這樣就行了～
健檢師

退件

今年我要看齊的對象就是～
海老小姐！
ㄟ～可是海老小姐才20幾歲耶～
會不會差太多啦～
不行嗎？
要不然～
篠原涼子！
ㄜ～可是她已經結婚了～不是嗎？
…
喀喀
我說老妹呀，難道對象就非得也是30歲．單身的人嗎？

年輕時的健康檢查
=
感覺和量體重差不多
我也是~
興奮
我沒吃早餐就來了唷~
興奮

如今，量血壓
驗尿…
照X光片…
緊張
不安
每一項結果都很認真地看待

自我更新●完

策略性（？）的情人節

情人節又快到了…
今年要怎麼過呢～
就算沒男友
遇到這個節日，還是會有一種想著「該怎麼過呢」的少女情懷出現
連超商也…
仔細想想，耶誕節、跨年活動這些都和我沒啥關係呀，反正…
這世上的各種活動，都是以家族或情侶為對象
單身的人幾乎無緣參與
不過就是個情人節嘛，隨波逐流一下又何妨～
啊呵呵呵呵

公司裡的情人節事件
現今職場上
已經不流行
送友情巧克力了
都沒人送嗎～
那些年輕人會去送的啦
想送的人
就自行分送
不過
要是送得
太明顯
啊～長官～
這個巧克力送給您～
（就是有這麼可愛的年輕人）
那個女生也太明目張膽了吧
竊竊
瞪
私語
拜託，這裡又不是學校
女性員工居多的公司
只是這種事
我做不來啊…
年紀的關係…
另外…
來，這是給你的
啊，把我的愛心帶回去吧
（也是有這麼可愛的歐巴桑）
這一種
我是辦得到啦…
但一定更會被當成歐巴桑看待吧…

我並不是想送友情巧克力啦
但也沒有送情人巧克力的對象
這個…其實我很早从前就喜歡您了
這～怎麼說呢
算是一種試探性的巧克力…吧？
2月的活動
2/14 情人節
2/16 我的生日
好好利用這兩天吧
2/14
賣場經理木下先生
後輩前田
想送給這2位
2/16
我的生日
這一天我會在所有人一起開朝會時從店長手中接下禮物
（公司的慣例）
啪
啪
恭喜妳～
這時前陣子拿到巧克力的2人
原來森下小姐過生日啊…
哦，是她的生日

於是…
今天是妳的生日～讓我挑個禮物送妳
算是收到巧克力的回禮？
順便幫妳慶生
我們一起吃飯吧？就當是巧克力的回禮
期待會有這樣的結果發生…
呵呵呵…
畢竟我不是那種會主動出擊的人…
如果是對方主動，我才會有所行動…
年紀越大，對於談戀愛就越是膽小的我
對方的反應差不多是這樣的吧？
沒感覺　普通　有感覺
在我生日當天有所行動
到白色情人節才有所行動
一直到白色情人節都無動於衷
既然要準備，乾脆多送2、3個人吧
這個那個～
（亂槍打鳥是吧…？）

這種試探性
巧克力
送禮技巧
也很重要哦
感覺
像是送友情
巧克力的話，
效果就減半了
來，這個給你
但是態度
太正式的話…
ㄜ…我…我…
呵呵
30歲未婚的當事人
感覺好像
硬要對方接受
所以咧…
態度要自然
像個大人般
氣定神閒
若有似無地
流露出少女般的純真表情，
將巧克力遞出去
(…怎麼做啊)
啊，也許可以
模仿石田百合子
遞巧克力的場景？
拜託～
問題不在
如何把巧克力
遞出去，
而是自己根本
就辦不到嘛
對、對、
對不起啦…

我舉步走進了
許久不曾逛過的
情人節特賣區
哇啊~
因應情人節的到來，
為了挑選巧克力、
如何送巧克力
而傷腦筋
這種
全身投入
節慶的感覺
真是久違了呀~
興奮
興奮
只是結果…
要到後天
才知曉
我猜大概又是
我一個人唱獨角戲吧…
呵呵呵…
今後要是我
再也不願做
這一類的事情時…
還請大家
多多諒解：
「是啊…
當初努力半天，
到頭來卻還是
白忙一場啊」
從今以後，請大家
把這件事忘了吧…

含糊帶過

30歲之後，我就開始對自己的年齡裝傻
嗯～大概二三、二十…八，之類的吧？
(惠美子30歲)
呵呵呵
(迎新會)
嘩
森下小姐幾歲呢？
嘩
嗯～
二十～～～
啊，過來一下
謊稱自己才20幾歲的演技，已經到達出神入化的境界
呵哈哈
呵呵
呵哈哈

哎唷～所謂的「演技」，也不過就是將答案含糊帶過罷了

年復一年…

30歲之後，我就開始對自己的年齡裝傻…
33歲
嗯〜〜大概是30或31或者32還是33歲之類的吧
到了34歲
嗯〜〜大概是30或32還是33歲左右吧
那到了35歲呢？
嗯〜〜大概是30歲前半吧
含糊打混的範圍也會越來越大
曾經做過這種夢…
年齡是二十…咦？三十…ㄟ？
奇怪我到底是幾歲啊？想不起來…完蛋了〜
慌張
心急
但起床之後馬上就想起來了…

問答

混淆年齡有個絕招
你覺得我看起來像幾歲？
惠美子 30歲
為什麼會這麼在乎年紀？
但最近我卻不太想用這一招了…
是因為單身的關係嗎？
因為幾乎每個人猜的歲數都比我的實際年齡大…
嗯～35歲？
為什麼會這麼在乎單身？
看來我的30歲人生
又跨入下一個階段了…
是因為已經30歲的關係嗎？

美容與健康

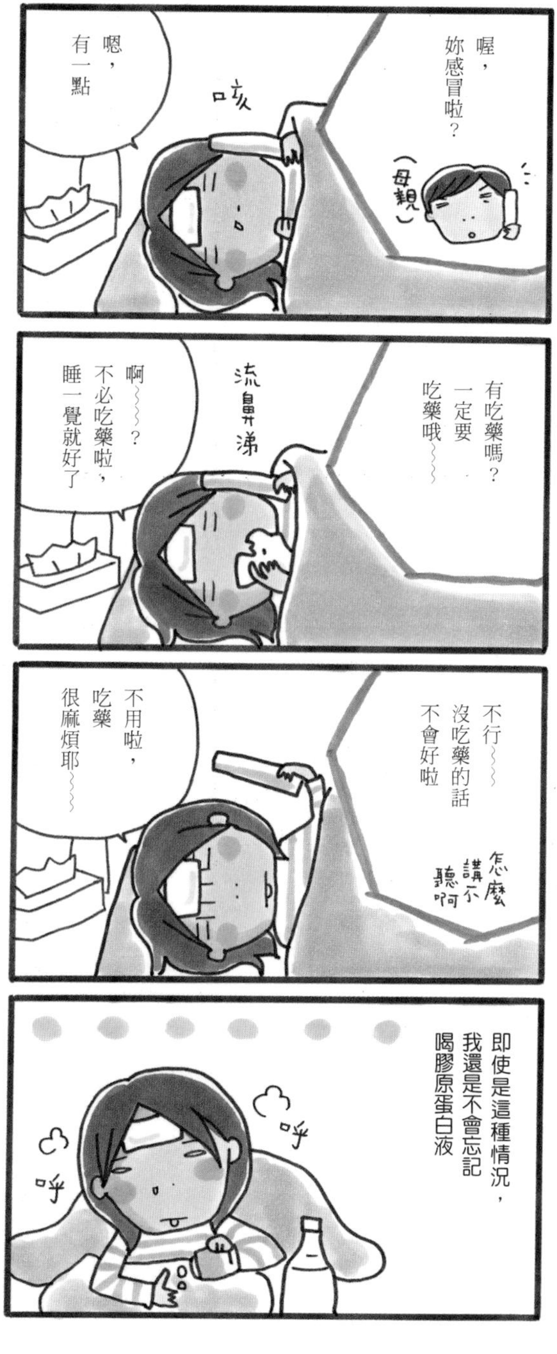

喔，妳感冒啦？
（母親）
咳
嗯，有一點
有吃藥嗎？一定要吃藥哦~~~
流鼻涕
啊~~~？不必吃藥啦，睡一覺就好了
不行~~~沒吃藥的話不會好啦
怎麼講不聽啊
不用啦，吃藥很麻煩耶~~~
即使是這種情況，我還是不會忘記喝膠原蛋白液
呼
呼

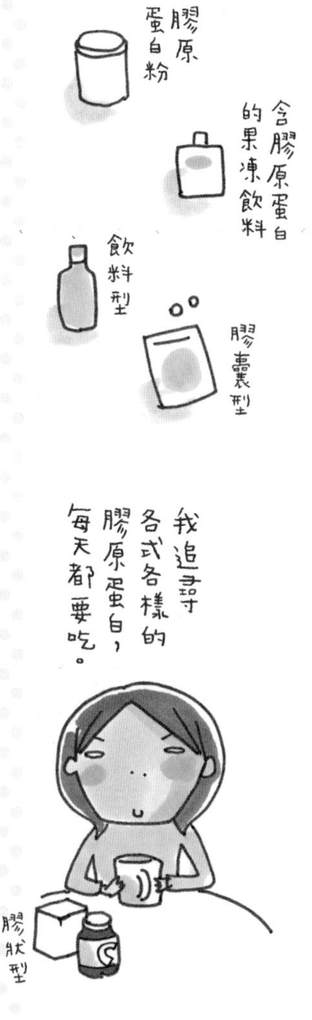

膠原蛋白粉
含膠原蛋白的果凍飲料
飲料型
膠囊型
我追尋各式各樣的膠原蛋白，每天都要吃。
膠狀型

春天

甚麼時候會讓人感覺到
洗好的衣物很快就乾了
春天來了呢
哇，真漂亮
哈－哈啾
成為上班族之後
時間越來越不夠用…
早
匆匆忙忙
衝啊～
假日
睡到中午才起床
晚
三更半夜才回家
呼－
驚
春天來了呀
呼－
和蟑螂一起迎接春天的到來

打破長久以來相安無事現狀的瞬間

春天這回事

甚麼時候會讓人感覺到
呼ー
春天來了呢
過敏
擤擤
美乃滋怎麼溫溫的
水喝起來也溫溫的
看來已經到了不收進冰箱裡不行的季節了…
放進冰箱太麻煩，乾脆擺在外頭
唔ー春天到了呀

就算在夏天，還是隨便丟在外面…
應該沒壞吧～？
唔～嗯
聞
聞

恐怖！

昨天我偷看了幾眼電視上的靈異節目
結果晚上害怕得要命，一直睡不著呢
因爲一個人住，就會覺得很恐怖
幸好只要睡一覺就全部忘光光
人生還很長呢
嗯～我一點也不怕幽靈啊鬼魂之類的東西
是喔～好厲害～真羨慕妳呢～
小時候我也很怕鬼啊幽靈的…
到了30歲就不怕了
檔案24
孤獨的老年
我已經看過超恐怖的電視節目了…
畢竟這世上還有許多比這個更恐怖的東西啊…
…

潮流

學生時代的友人，今年開始陸續結婚了
唉——
我的內心既慌張、又覺得有點寂寞…
妳的心情我明白
我學生時代的好朋友從25歲開始
就一個接一個結婚，我心裡超緊張的～
唉
但過一陣子之後
有幾個朋友離婚恢復單身生活，我就稍稍安心一點
へ～
只是沒多久，她們又一個一個再婚
我的焦慮也就跟著又開始了
喔～

於是暗中推敲對方何時要結婚的2人…
呵呵呵
呵呵呵

去買東西也…

和朋友一起去血拼
這時期因為百貨公司大多已經換上春裝，冬裝款式所剩無幾
啊，這件外套好可愛喔～
打5折
只是今年應該沒甚麼機會穿了吧～
對呀，只能明年穿了
唔～～～明年穿是嗎…
款式還行嗎
明年…
明年啊…
不知道我結婚了沒～～～
咦？
現在是…甚麼狀況啊？
唔～嗯

去看牙醫也…

會痛的話要告訴我哦ー
唔！
我要開始治療了
嗒啦嗒啦
噗咻ー
啊哇~嗯嗡~
抱歉，很痛嗎？
不好意思，我的嘴巴很痠
下巴耐力不佳
您還好吧？
噗咻ー
嗒啦嗒啦
咻ー
啊哇~嗯嗡~
乀？抱歉，很痛嗎？
不好意思，我的腰很痠，滿痛的
腰的耐力不佳
這個姿勢很不舒服…
…
看來我也不太適合看牙醫啊

未來的預定計畫

我的生日快到了
2
S M T W
4 5 6 7
11 12 13 14
對於今後的人生，也該多考慮考慮了
我還是很希望在35歲之前嫁出去
然後36歲前生孩子
也就是說，如果我在34歲之前還沒有對象，只好去參加相親團之類的活動了
萬一到39歲都還是單身的話，那就到時候再說吧
唔～～嗯
嗯
好，下一個
今年的33歲生日買了美容器材組
35歲之前靠自己保養
過了35歲就得上美容院了
38歲之後要去打膠原蛋白
到了40歲還是單身的話還得去拉皮或整形⋯
唔～～嗯
寫好了

生日

我們公司
有個慣例（？）會在每個人生日當天的朝會送壽星一束鮮花…
啪
啪
店長
渡邊先生今年幾歲啦？
啊，我24歲了
哇～好年輕喔—
但卻從來沒人問過我的年紀
承蒙大家貼心照顧30歲單身女子
就算當天請假沒來或遲到
也會改天將花送給壽星
有沒有甚麼好理由可以拒絕接受呢…
畢竟不想讓大家知道年齡…
不好意思，其實我對花過敏
所以今年能不能不要再送我花束了
哦，這樣嗎～
各位，今天是森下小姐的生日
生日快樂～
啪
啪
…
鰻魚派

還有還有●完

所謂家人…

老妹的婚禮、
親友聚會、
過年、
有一件和這些事
同樣會讓我
手忙腳亂的就是
法會…
今天是
祖父過世
七周年紀念日
一堆親友
聚集在一起
已經讓我
很頭大了
加上附近的
老鄰居也會
來家裡坐坐
畢竟是
鄉下地方…
喀啦
早安
喀啦
讓你們費心了
而且大家
又認定我是
那種不結婚
的女人…
尤其是
在鄉下地方…
姊姊
妳這樣
又會腰痛啦～
雖然沒出嫁，
但這種時候我得
表現得更像個
成熟大人才行
東忙
西忙
惠美子，
幫我泡個
茶好嗎？

3人份哦
好的
來，把茶端出去吧
好~
（小紀表妹）
（老妹）
再泡個5人份的茶
好，知道了
幫我把茶端出去
這次我打算一直躲在廚房裡
讓20幾歲的女孩們到外面招呼客人
喀啦
喀啦
啊，茶喝完的話把茶壺拿進來給我~~~
躲在廚房裡的33歲單身女子

因為啊
惠美子啊，妳也快點讓爸媽安心嘛
惠美子今後有什麼打算嗎？
我實在懶得去聽大家說東說西的
呵呵呵
堅決躲在廚房裡是對的…
洗
刷
咦？妳怎麼不穿媽借妳的圍裙？
喔~我沒有穿圍裙的習慣，太麻煩了~~~
我才不要呢，剛才試穿了一下圍裙
……
看起來就像個鄉下歐巴桑…
那給真由穿吧？
打擊
少婦風
本來就是少婦啊…

雖然是親姊妹，我老妹的儀態就是和我不一樣…
（腰的位置比較高）
出生在70年代
嘩
喂，別吃光啊～
嘩
在小矮桌邊長大
居家改建～
在餐桌邊長大
出生在80年代
嘩
嘩
你很賊耶～
嘩
我想大概是小時候家境不同造成的吧…
（好羨慕哦…）
最近經常彎腰駝背～
（突然急忙做起運動的33歲女子）
嘿
喝
可以給我一些熱水嗎？
嘩啦－
喔，好久不見囉，惠美子
糟！還是被找到了
唉呀，從後面看哪，簡直跟妳媽媽一模一樣呢
惠美子今年幾歲啦～～～？
…
哈哈哈
喝醉酒的老爸
結果還是躲不掉…

惠美子是不結婚的吧
…
鄉下地方謠言還傳得真快哪…
但我又不想隨便跟親人撒謊…
唔～嗯
說「有打算結婚哪」之類的…
可是讓左鄰右舍知道我是個「還不打算結婚的女人」
我的自尊心絕不允許這種事發生！
原來是這樣啊～
我也不是不想結婚啦～只是工作太忙，我也不知道該怎麼辦
原來如此啊～～～
先用這種好像有又好像沒有的計策來打太極
（每次都用這招）
嘿嘿
只是大家都喝醉了，根本不會去推敲這其中的細節…
哈哈哈
惠美子說她最近還沒辦法結婚啦～
嘩
嘩

醃菜 醃菜
老姊，泡個烏龍茶
知道了
碌
給妳
沙——
好
辛苦妳們了~
呼~
哦，東西都洗好啦？
全部整理乾淨了~？
謝謝妳們~
家裡有女兒真好啊~
呵呵呵
能讓老媽這麼覺得真是太好了…
真好 太好了
放心…

啊，對了，小紀（表妹）已經決定4月要結婚～
連喜帖都給了呢
へ～
還有啊，杏子（表妹的妹妹）聽說是秋天要結婚
是喔～
也就是說…
想像圖
是嗎是嗎…
比老歐巴桑我年紀小的表妹們全都一個接一個結婚了呀…
呵呵呵…
想像圖
大家都找到幸福了
呵呵
啊哈哈
啊，是流星～
呵呵
（意義不明）
握緊

演藝圈八卦

甚麼，這個人和那個女演員結婚啦！
棒球選手和主播能夠走得下去嗎？
結婚熱潮
今年結婚的藝人
有不少搞笑藝人和偶像明星交往耶—
我對藝人誰和誰結婚的新聞沒甚麼興趣
是喔—
週刊
而且立即將案例套用在自己身上
比自己小12歲…
如果是我的話，就是和21歲的男生交往囉~
這個38歲女藝人和比她小12歲的男生結婚耶，滿厲害的
週刊
不過對於現在幾歲、幾歲結婚這些事就很有興趣了
驅上前
我看一下!!
週刊

後悔

一不小心
就讓機會溜走
今天
辛苦了～
您也
辛苦了～
是我經常
發生的事
要不要
一起去
吃個飯？
心跳
不、
不好意思，
我今天…
那就
下次吧
改天再約
還會有
「下次」嗎…
唉～
我這個人
就是太不積極了…
外套裡面
穿的是制服

制服外面
套件外套
早上上班
超方便
衝啊～
可以邊跑
邊脫外套
啪
準時抵達！
呼
呼
嗶

我的命運

算算
今年的運勢
運命
看過各類
算命書的結果
「在國外能遇到好機緣」
「在國外會陸續遇到好機會」
「出國的話運勢會很好」
心裡出現去國外念書的念頭……
還是先把英語會話學好吧…
意思是說
出國的話就
有機會遇到白馬王子？
換句話說
在日本當地
是完全沒機會了…

遙不可及的世界

看到藝人陸續結婚的消息，並不會讓我有一種也想「快點結婚」的念頭
呵～畢竟那個圈子和我無關嘛
聽說大澤隆夫離婚了耶～
不會吧～這我沒聽說過呢～
週刊
突然焦急起來的女人…
是喔～
怎麼辦～
突然變得很愛化妝的女人…
即使事不關己還是覺得很震驚…。
甚麼～結婚？
傻住—
女性
美容院

相似的人

森下小姐曾經在百貨公司裡打工嗎？
妳長得很像一位我認識的店員耶
啊～我看過那個人，我也覺得很像呢～
就在○○百貨公司～
那個跟我長得很像的人在百貨公司上班
不論年紀或身材都非常相似…
真想看看這個人呢…
因為很想知道那個人是否已經結婚了…
假如那個人已經結婚
我想我應該有辦法嫁出去吧…
假如那個人沒結婚…
難道這臉就是一副嫁不掉的長相…？

笑容的背後

到了這個年紀…
啊哈哈
哈哈呵
…
就不能開懷地笑了…
因為只要一笑就容易長皺紋
我正在研究要怎麼笑才不會有皺紋
嘻嘻嘻
哈哈哈
呵呵呵
就是這個
原來如此，這就是為什麼那些貴婦都要呵呵呵地笑了—

皺紋出現時的處置方法
持續地露出笑容
學好女孩的模樣托腮
啊哈—
然後鼓腮~
把皮繃緊

真實

不好意思，本來是說11點可以回去上班
但現在醫院人很多，我可能要晚1個小時左右才能回去
是…
好
實際上是—
看牙醫時嘴巴張開太久了
張嘴~
皺紋還沒完全消失…。
一個小時後應該會退掉吧…。
不好意思，我今天要去醫院
會晚1個小時左右才到
是
好
實際上是—
早上起床後發現口罩的橡皮繩印還留在臉上，到了上班時間還沒消退…。
呼~
一個小時後應該會退掉吧…
印痕鮮明
當天的皺紋一定要當天處理啊

狀況

啊，新的巧克力～
這個看起來也很好吃耶
啊，還有這個
肚子餓的時候千萬不要逛超市…
一大堆…
買太多了啦…
可以讓肌膚保持水嫩…
上面寫著有助於補充蛋白質耶…
東張
西望
在意年紀的時候千萬不要逛藥妝店…
一大堆…
一不注意就…

補充彈力感
讓肌膚富有張力
嗯嗯
凝視

關於戒指的回憶

發生在惠美子20幾歲的九〇年代
小姐~
小姐~
可以請您做個簡單的問卷嗎~~?
如何?您要不要試戴看看~~?
放
我們家的商品賣出5年後,您可以原價賣回給我們哦
您可以在5年後換回現金~
如果不要現金,也可以換一個新的給您唷~
可以分期付款
您絕對不會吃虧的~
啊,這款很適合您耶~
女孩子至少也要擁有一個鑽石戒指呀~
買一個吧~
…
80萬
100萬
可是~有自己買鑽戒的嗎…?
我是那種沒有男友會買戒指送我的人嗎?
這種戒指讓我男朋友送就行了!
當場就很愛面子
哼
站起
之後—
那家鑽石店因為倒閉加上強迫性行銷手法而遭到非議—
好險~

美容前輩

公司的後輩來我家玩
打擾了
哇～好多化妝保養品唷
我可以看一下嗎～？
請便～
啊，我在雜誌上看過這個
哇～這是甚麼呀
這是蜂蜜嗎？
乀～原來還可以當面膜呀
這不是廚房紙巾嗎？
啊，難道是拿來當面膜用？
……咦？1／4卡路里美乃滋？
仔細一看是洋香菜…
我知道了，其中一定有甚麼美容秘訣…
森下小姐～這個要怎麼用啊？
哦，一般都是淋在生菜沙拉上呀？
保養品與調味料都擺在一起
雜亂
醬油
…

退燒貼片

大半夜突然發燒
咳咳
畢竟一個人生活了15年
平常就已經做好萬全的準備…
呵呵~~
竟然沒有退燒貼片
僵—
糟糕~
咦？
哦，這是SK-II的面膜
SK·II
買雜誌附贈的
本來是打算留著等約會前一天或萬一有需要時敷的，但一直沒機會用，就這樣丟在冰箱裡…
SK·II
…
涼~
貼上
現在也算是萬一的時候吧…

口罩

花粉季節…
今年的花粉症似乎特別嚴重…
擤擤
我自己的面紙
森下
從事服務業不太可能戴著口罩工作
歡迎光臨
但症狀很嚴重時還是得戴上口罩
呼～
呵～
戴上口罩後輕鬆多了～
是喔？和平常不一樣嗎？
不但花粉症狀減輕了，還能把法令紋藏起來～
而且只要畫眼妝就能出門～
呵呵呵…
怎麼辦，我好像迷上戴口罩了～
是因為別有用途吧

加2

和好久不見的
高中同學聊天
妳好嗎？
小優長大很多耶~我有收到賀年卡哦~
是喔~最近不好好盯著他不行了呢~~~
我和她每年大概會通話一次，聊聊近況
惠美子呢？打算結婚了嗎~~~？
現在工作很忙~~我都不知道何時才能結婚呢
很難講~
啊，跟妳說哦~我們公司裡
有個35歲的同事，和對方交往3個月就結婚了哦
眞是世事難料呀~~~
她每次都會拿比我多2歲的人為例來鼓勵（？）我…
去年舉的例是「34歲的人」
為了我而
+2歲
的體貼心
呵呵呵
還是說
多給我
2年猶豫期
…？

打噴嚏

哈
花粉症
擤擤
有腰痛前例的人打噴嚏是很危險的
……
還好~得救了
如果不抓住甚麼東西的話一定又會閃到腰…
嚇一大跳
哈啾~
哈啾~
甚麼事…
抓緊…

情人節後續報導

前幾十頁的我
打算在情人節時
送幾個試探用的
巧克力給喜歡的人
於是興致勃勃地
四處選購
哇～
這時
就要考慮到
很多事了
嗯～
在公司裡送巧克力—
好久不曾這麼做了呢
明目張膽地送
好像有點
不好意思
這種時候
應該要
更謹慎才行
還有
森下小姐（30歲・單身）
情人節放手一搏？
有結婚恐慌症傾向？
要注意千萬不能
散發出這樣的氣息…！

要小心的是
眾人的目光
若是在年輕人面前太過明目張膽
這是送您的巧克力
一定會在背後說閒話
噗 那女人沒希望的啦~
閒言閒語
歐巴桑大軍
光是看見一對男女從同一個房間走出來
公司裡很快就會有「那兩個人在交往」的謠言出現
他們正在交往哦
是喔
而且這些歐巴桑們神出鬼沒
擁有廣大的人際脈絡
總務處的歐巴桑
餐廳的歐巴桑
打掃的歐巴桑
只要被其中一個人看見我送巧克力…
被歐巴桑看見了

萬一人家在背後說閒話…
妳知道嗎？單身的人才有辦法這樣玩啦
呵呵呵
天哪
向大家拍馬屁呀
真有一套啊～
竊竊私語
如果只有歐巴桑們自己傳來傳去也就算了
萬一謠言越傳越廣那可糟了…
如何？林下小姐也是單身，你們就湊一對吧？
啊哈哈
多、多管閒事
咬牙切齒
雖然她們沒有惡意
年紀也剛剛好不是嗎～？
呵呵呵
快給我住嘴啊～
就是因為這麼麻煩，才不會想在公司裡送巧克力呀～～～
女人多的職場真辛苦…
不能跨過這道鴻溝的話…
唉唷

2月14日
哇~~~這些是川瀨準備的
是呀，當時我想萬一漏掉誰忘了送，那就不好意思了~~~
結果就買了這麼一堆~~~
哇~
2袋
了不起~
年輕人就是不一樣啊
森下小姐也要送巧克力嗎~~~？
喔
嗯，應該吧
嘿嘿嘿
對了，這個送川瀨小姐
請收下
翻找
真的嗎~~也有我的~~~？
我去逛的時候一不小心也買了一堆~
啊，我了解~~
我也是啊~
結果為了保護自己（？）
我連友情巧克力也準備了—
（重點是連女生也要送）
友情巧克力200日圓
720日圓
這樣一來就不會被人家認為是想在情人節放手一搏了—

唷，也不是
每次都放手一搏啦
（究竟是在跟誰解釋啊？）
只是想說
偶爾也該
參與一些
女孩子的活動嘛
老歐巴桑我
還是很
活躍的呢
對，也要送給
那些歐巴桑
今年送了好多人呢～
是喔，謝謝妳～
大頭目
接下來
試探對方心意用
的巧克力
正準備出場時…
大人風的生巧克力
我馬上
就得知前田
已經有女朋友了
哇，謝謝—
已經收到囉？
那巧克力好像
挺不錯的耶
再來是
木下先生

我抓緊時機
只有他一個人~
東張西望
趁現在
小跑步
ㄜ~~這個巧克力要送給木下先生~~
我從沒想過森下小姐會送我巧克力耶~~
謝謝~
呵呵
雖然我3月份就要調單位了，但我會在白色情人節前夕回禮給您的
跌~
3月—就是他調職的時期…
是啊，在我們公司調單位是很常見的事…
（快的話甚至待1年就要調單位）
每次遇到的好對象都被調到其他分店去了…
唉唉唉…

那麼…我的生日是16號，那就在那時候回禮吧~
遭到打擊…
喔，這樣啊
那我就回送你蛋糕和花束吧~
呵呵呵
情人節巧克力
我的生日
調職
就算如此他還是不打算請我吃飯…
不請我吃飯？
這傢伙！
不請…就算了
呵~一直以來承蒙森下小姐的照顧~
哼
試探對方心意的巧克力，多少也算發揮功效了吧…
不~不到最後關頭還不能下定論呢~

送給自己吃的

算命

妳在28歲左右會有個極大的機會降臨哦
若是沒有抓住機會，就很難嫁得出去了
驚—
是喔
但是…我已經過了30歲了耶…
ㄟ
是嗎？
苦笑…
一點兒也看不出來耶
我以為您才20出頭呢~
是喔~您這樣以為嗎~？您太客氣了啦
被說了好話耶~
心花
怒放
算命—突然有煩惱時就會想到的事情…
要來算甚麼呢~
很多事情都想算一算耶~
妳覺得我怎樣…
…
超冷漠的問題…

幸福的預感

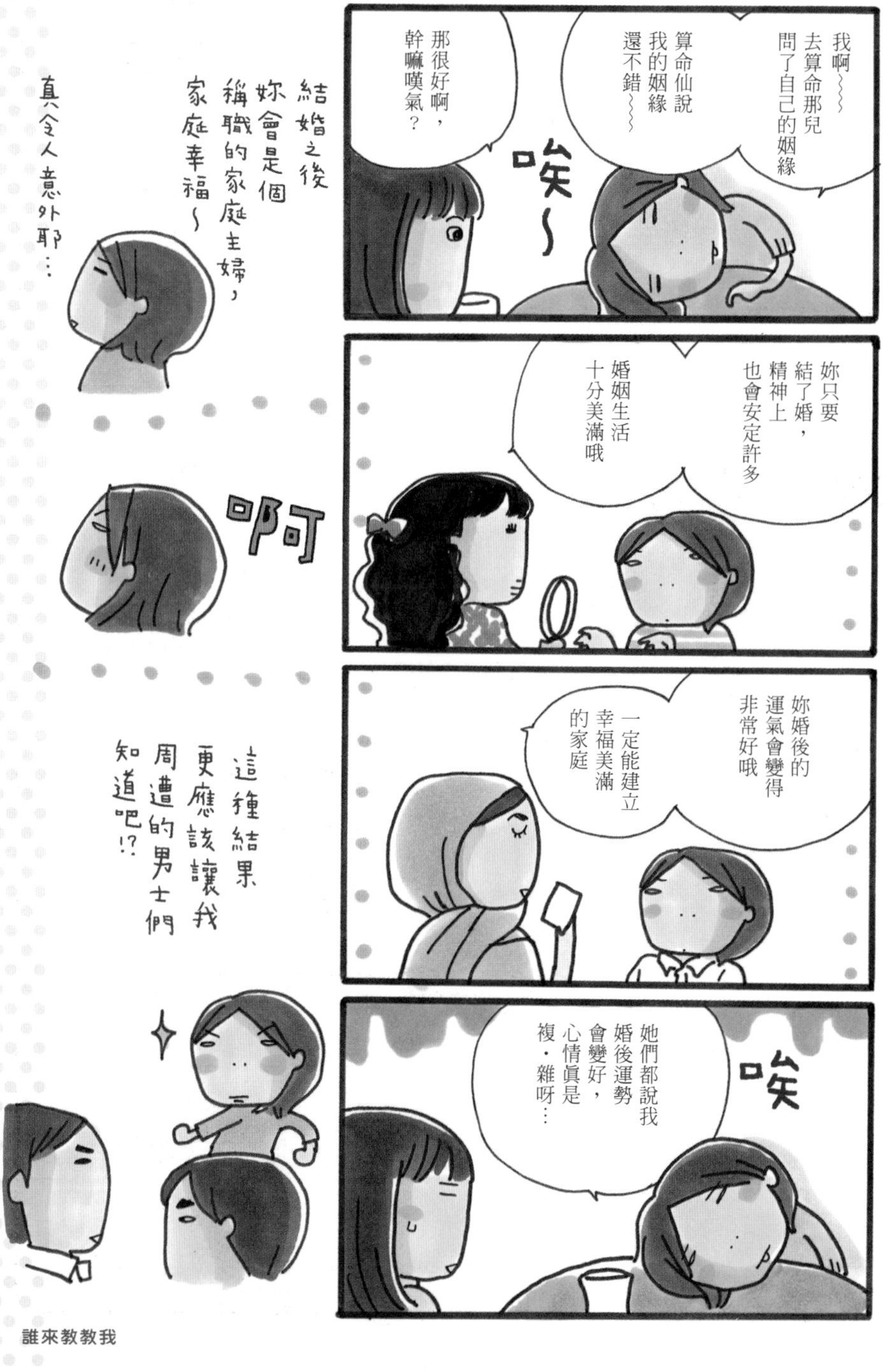
我啊～去算命那兒問了自己的姻緣
算命仙說我的姻緣還不錯～
唉～
那很好啊，幹嘛嘆氣？
妳只要結了婚，精神上也會安定許多
婚姻生活十分美滿哦
妳婚後的運氣會變得非常好哦
一定能建立幸福美滿的家庭
她們都說我婚後運勢會變好，心情真是複・雜呀…
唉
結婚之後妳會是個稱職的家庭主婦，家庭幸福～
真令人意外耶…
啊
這種結果更應該讓我周遭的男士們知道吧!?

千金難買早知道

腰

藤井經理總是讓女士優先哦~~~他會將手輕輕摟在女生腰上，然後說「妳先請」，真令人臉紅心跳呢~~~
長得又帥
笑容清新
呵~特定對象式的性騷擾？
那是對年輕女孩啦~~~
他就從來不曾把手摟在我腰上
可是…好・害・羞・唷
咦？
可是~他剛才不也把手摟在妳腰上？
我沒注意到的原因是…
好可惜喔~
防腰痛的護腰帶

網路漫遊

勝負肌

買了美容器具
選的是1~2萬日圓、買得起的款式
喔~
臉部肌膚變得好乾淨唷
不過一星期可使用3至4次
說明書
就等重要的關鍵日子到來那天再用吧
但如今天天都是關鍵日啊
希望每天都有機會遇到好對象
做臉當天都要比平常早10分鐘起床
真的都很認命地早起哦

手錶與我

對妳來說，手錶有著什麼樣的意義呢？

那是新的手錶嗎？
好可愛唷～
呵呵，是我剛買的
一到夏天就會想買各式各樣的手錶呢～～～
哦—
我喜歡的款式也很多，但只要買1支就心滿意足了～
根據心理測驗的結果，手錶就代表情人哦～～～
也就是說，一到夏天我就會想擁有各式各樣的情人囉？
好害羞唷～
哈哈，說不定就是這樣
哦～
沒手錶也無所謂的人

中獎運

為了老年之後日子能過得輕鬆，每次我都會花五千日圓買樂透彩
放在黃色袋子裡擺在朝西方向
樂透彩
可惜從來沒中獎過
但萬一中獎了
我一定馬上辭掉工作，買間豪宅整天泡在家裡打混過日子
無所事事
這就是我這輩子的單身之道
嗯——看來好像別中獎比較好耶……
如果中獎了，要不要帶著這些錢去相親？
……
便利商店的抽獎活動倒是滿常中獎的

詢問

森下小姐有男朋友嗎？
每次有人這樣問，我就會打腫臉充胖子假裝說有
森下小姐有男朋友嗎？
但若只有兩人獨處時，面對這個問題
閃~光
對方年紀比我小
在意我有沒有男友
=
對我有意思？
若是說沒男友，說不定他就會想約我…
笑
怎麼辦~要照實回答嗎？
嗯~現在沒有啦~
嘻嘻嘻
是喔~那可不妙呢~
這…這種回答的意思是…
…
又是我一個人唱獨角戲（橫綱級）

在美容院

請看雜誌~~~
染髮中
請問您想喝咖啡還是紅茶？
唔~嗯
這種陣容…
要決定看哪種咧？
30幾歲的輕熟女雜誌
20幾歲的少女雜誌
10幾歲的青少女雜誌
Madame
MRS
MORE
non-no
這時候送上來的雜誌
一定都是視客人的類型加以挑選過的
…
一字排開
女性
女性週刊
女性
請喝咖啡
謝謝
…
non-no
從我挑選的雜誌就能判斷出我的年紀吧…
選madame啊？
Madame
（想太多）

自立自強

閃
閃
我會自己換電燈泡
……
唔～差不多該淘汰了……
也會安裝新買的燈具
嘿
有一天—
按
……
咦？不會亮
按
按
啊～原來是這裡接觸不良啊～
也知道該怎麼拆掉蓋子
推
轉
甚至還會做簡單的修理
貼上膠帶
先這樣將就用吧…
一個人生活第15年…

收到的禮物

老爸給我一台筆記型電腦
哇～
因為從沒用過，感覺就像新的一樣
一開始該怎麼做才好咧…
毫無頭緒
嗯嗯
初學者
咦？
可以請求到府服務，幫忙做一些初步設定耶
也就是說第一步就是
先把房間打掃乾淨囉…

所謂減肥

咦？酒井小姐午餐就吃這麼一點點啊？
身體不舒服嗎？
不是啦，我最近在減肥~
ㄟ~妳那麼瘦，不必再減肥吧
我發現一些常把「最近在減肥」掛在嘴上的女孩
其實都是些旁人看來根本不需要減肥的人
啊~我哪有瘦啊~
要是我的話絕不會告訴任何人，自己偷偷減肥~
如果遇到
咦？妳最近變瘦了？
有人這麼問我的話
是嗎？可是我又沒減肥~
我就這麼回答
嘻嘻嘻
啊，森下小姐正在減肥唷？很辛苦吧~
是蘋果減肥法嗎？
偏偏我什麼都沒說，大家卻都以為我在減肥…
人家只是因為愛吃蘋果而已…

房間裡

燃燒脂肪
DVD付
循環式瘦身法
這個呀~~跟著DVD一起做時,剛開始會覺得超累,但很有效果哦~~
朋友推薦給我的
那麼要開始囉!
接下來面朝天花板
嘿咻
手腳伸直身體呈大字狀~
唔
窄小
來,吸氣~吐氣~
哇~等一下等一下,地方不夠大啦
推開
單腳抬高
砰
撞
哇嗚~
呼等等等等
接下來~~
好,接著站起身來
果然剛開始跟著DVD做真是累死人了
呼——

往後繼續單身不命苦

春天…
痛苦的季節
花粉症
覺得還不錯的人被調單位了…
結果什麼也沒發生…
呵
對未來滿懷信心的年輕人也要離開了
20號之後我就要去參加公司的研習會了
好緊張喔~
加油喔~
（來打工的學生）
閃亮亮的新人來報到
呵呵
嘻嘻
好耀眼喔
只有我一成不變…
被大家認為「戴上口罩後變得很有威嚴」

可是…
春—痛苦的季節
秋—30歲卻還單身的落寞感特別深刻的季節
冬—凡事都令人有種（年終）失落感的季節
夏日的回憶
在KTV一個人落單
這就是我的一年嗎…
呵呵呵…
一個人
所以，一邊回想往事
我打算來講一些與這本書的誕生有關的回憶
我，以及一個人也辦得到的事
第一次驚覺自己已經30歲
是在看到健康檢查報告書的時候
是哪一張啊
森下惠美子
30
森下惠美子
30歲
第一次看到「30歲」這幾個印刷字
竟然全身起雞皮疙瘩
天哪，我已經30歲了唷…

30歲
哈哈哈
20歲
30歲了呀
30歲單身…
30歲單身的人又稱為「敗犬」
我是哪裡失敗了呀~
30歲單身…
受到這個30歲的刺激
我開始想畫這本書
唉唉30歲呀…
之後每個月2次的連載對我來說非常辛苦
再30分鐘就得出門上班了…
不好意思，每次都要拖到截稿日當天
啊~
抱歉，我是森下，我大概會晚30分鐘到公司
醫、醫院裡人很多…
打電話給公司
不好意思遲到了~
哇，妳的氣色很差耶~
搖搖晃晃
哦，是軟綿綿的羽毛外套耶…
剛進貨的商品
借我躺一下就好…
呼嚕~
結果只好提早下班…

30歲之後，放假日幾乎全用在畫這本「我的單身不命苦」上
預防眉間出現皺紋的貼布
只是每一回幾乎都沒甚麼男性登場…
呵呵呵…
只能邊畫邊苦笑
和年輕男孩談一場老少戀或與主管的祕密戀情之類的
就算是這一類的也好…
只是這畢竟是一本書
沒有的事就不能糊弄讀者呀
唉
雖然有幾個「還算可以」的男人出現啦
未來很難有結局…
應該不可能交往…
一直非常盼望自己有一天
能在這本書裡開心地大聲告訴讀者們我有男朋友了~~
或者我已經決定要結婚了~~之類的好消息
看來這次還是要讓大家失望了
每次都這麼說的我…
唉唉唉…

話說在
我生日的時候—
老爸送了我生日禮物
是一條
能量磁石手環
裡面還附了一封
手環的使用說明書…
【玫瑰紅石英
成就戀情、
提升女性的
魅力與愛情運】
【粉紅色珊瑚
愛情運
源源不絕】
【月亮石
孕育愛與希望】
…
老爸，
真是太感謝您了…
只是我
現在沒那個
心情使用這個…
比起石頭本身，
另外一股能量
好像更強大…
【老爸
希望妳
早日成婚、
早點定下來】
最近老妹
懷孕了
所以和
她老公（次男）
搬回老家住
一方面開心
家裡即將
添個小孫子
萬一我失業，
可就沒辦法
回老家住了…
但相對地
我的壓力
也變得更大了
雖然原本
就沒打算
回老家啦

之前曾經在賞櫻花時順便去廟裡拜拜
請保佑我這輩子一切都能順順利利
範圍真大啊
抽籤也從沒出現過了不起的籤
小吉啊……
去買護身符吧~~
我也要~
平安生產
戀愛成功
提升財運
開運解厄
幸福御守
去病消災
唔~嗯
種類好多哦……
買哪個好咧
每個都想買耶…
我最想要戀愛成功啦，可惜沒對象…
幸福御守的吸引力還沒那麼強
提升財運也很好
唔~嗯
結果我買的是
開運除厄御守
畢竟人生時時都會需要好運氣呀

永無止境的妄想

今天出差去
剛開幕的新分店支援—
早上5點起床
啊～～
好想睡…
不過在新分店
可以見到從各店
前來支援的員工…
好像挺
好玩的
說不定能
遇到甚麼好對象…
「今天好忙哦」
「對啊～」
呵呵呵

「我是從○○店來支援的」
「是喔？離這裡很近耶～」
「妳認識○○嗎？」
「哦，認識啊，很想念他呢～」
哈～又開始了……
…
「今天辛苦了～」
「您也辛苦了」
「我也是搭新幹線喔」
「這麼巧？」
拜託，哪有這麼剛好的事情
…
我的腦海裡彷彿有另一個我……
糾察隊惠美子
她就像個糾察隊員，負責中止我的妄想症

幻想戀愛情節
非常有趣
是我最喜
歡的活動
永無止境的
戀愛幻想
10幾歲的時候
放假日
幾乎都用來
幻想與喜歡的人
談戀愛…
等到30幾歲之後
我已經
是大人了…
非常了解
現實的狀況
這個世界
可沒那麼簡單…
尤其是
男女關係…
但我卻
依然凡事都
抱持期待、
進而演變成
各種幻想
於是便誕生了
這位妄想糾察隊員
給我停下
事情也就
變得棘手了

但我就是愛幻想嘛
又不必花錢～
這麼說來
…
既然是支援，說不定木下先生也會來耶…
情人節時送他巧克力後就被調到其他分店去
緊張
興奮
能見到他嗎～真希望能看到他唷～
「好久不見了」
「對呀，好久不見」
呵呵呵
「最近好嗎？」
「嗯，新分店如何啊？」
「還不錯～今天能見到妳真是太好了」
「呵？」
啐～

「當初離開時因為太忙了沒能跟妳多聊聊」
「是喔」
沒有的事又自顧自的幻想了…
於是兩人一起在同一個賣場工作
最好每次都能這麼巧啦
遇到有人找碴馬上挺身而出的木下先生…
平常哪可能遇到這種事啦
「謝謝你幫我解圍…」
「妳沒事吧？」
又是這種你濃我濃的空想…
下班時木下先生還在門口等我…
又不是高中生
呵，每次都這樣…
唉…
…

已經沒辦法
回到那個
天真浪漫
愛幻想的時代了…
感謝您
今天搭乘
本列車
呵
新開幕～
人潮
哇—
洶湧
嘩—
嘩—
嘩—
目前結帳
人潮非常夕夕
嘩—
人聲
嘩—
鼎沸
嘩—
筋疲力竭…
結果—
整天忙得要命，
哪有時間來場
豔遇或者跟
木下先生聊天哪…

妳看，果然甚麼也沒發生吧
被妳說中了…
這麼一來
這位幻想糾察隊員
就更威風了…
不知道為什麼過了30歲之後，我的幻想就停留在高中生程度…。
而且每每結局都很令人失望～
唉～
明明幾乎都是令人失望的結果
但只要發現略有希望，我的幻想症馬上又發作
簡直就是無藥可救了…

之後…
我做了
一個美夢…
意猶未盡的我
繼續幻想，
將劇情延續下去
如果是真的就好了
真棒的一場夢呀
就連幻想糾察隊員
也阻止不了我
呵呵呵
（收到簡訊的鈴聲）
老媽傳簡訊來～
是老媽傳來的簡訊～
…
馬上回神到
現實世界
有沒有認真工作啊？
超完美糾察隊
唉

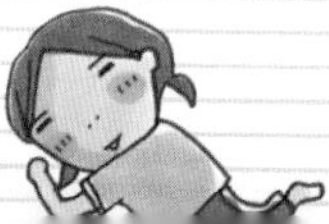

奇蹟？

我很厲害哦
看吧，
在這種情況下
我竟然還能睡覺
玻璃盤
水
醬油
完好如初
太厲害了~~
這種睡相
也能算是一種
特技了吧
可惜這麼精彩的事
告訴別人也只會
妳也收拾
乾淨再睡吧…
得到這樣
的回應
就算想表演這個睡覺特技，
身旁也沒有人一起睡…
可惜呀

為什麼東西會
堆在那裡呢？
床
涼拌豆腐
拿去流理台
太麻煩，
暫時先
放在那邊
然後就
睡著了

理想與…

去買新燈具時
嗯～要買哪個呢…
和之前用的款式相同
有遙控功能
為了將來著想，還是買這個吧
嗶
真方便…
卿卿我我
於是
該睡覺了～
睡前得先做一件事…
遙控器～
你在哪裡～
出門前
電視遙控器
啊，冷氣遙控器呢？
唉唷，我的手機在哪呀？
…
買的遙控器放置盒一點意義也沒有

時空改變的話

惠美子25歲時
哦～好久不見～
哇～好久不見
惠美子一點兒也沒改變呢～呵呵呵
ㄟ～～～是嗎～～～？
聽到這句話並不怎麼高興
現在
哦～好久不見～
哇～好久不見
惠美子一點兒也沒改變呢～呵呵呵
ㄟ～～～是嗎～～～？
點
現在的我聽到這句話可是開心得很
在店裡工作很容易遇見以前的熟人
偷瞄
偷瞄
因為名字不會變，很容易確認是本人…
果然是～木林下？

喜好

啊~~討厭~~被蚊子叮了2個包~
爲什麼~只有我被叮？
討~厭
蚊子就是喜歡叮年輕人啦
哈哈哈
ㄟ~是喔~
哼
被蚊子叮個包~
還有聽說O型人也很容易被蚊子叮哦
幹嘛立刻換一種說法啊…

我的臉經常被蚊子叮耶

給後輩的建議

關於暗戀的建議
反正妳還年輕，不必著急啦
關於女友的建議
反正你們還年輕，不會有事的啦
工作上的建議
反正妳還年輕，甚麼工作都能做呀
不管是哪一種煩惱，給的建議都一樣…
對不起啊
沒甚麼用的前輩

塑臉

妳們早上都花多少時間化妝呀？
我大概要10分鐘左右吧
但是我朋友說「女生大概都要花30分鐘化妝」耶～
是喔～我的話大概是15分鐘
我也是～化妝只要15分鐘就夠了
對啊～
起床
緊膚按摩
消除睡痕面膜
讓肌膚恢復彈性
彈
滑
不過，上粉底就得花30分鐘了
唔
瘦臉雕塑帶
睡著之後經常脫落…

回憶之歌

啊，要不要繞去那家店看看？
喔～～～～
可是我不是很喜歡那家店…
爲什麼～？那裡的二手衣不但便宜，還有很多可愛的款式耶～
是挖寶的好地方哦
喔～
那裡一天到晚都在播九〇年代小室家族的歌曲…
每次去那家店就會讓我想起以前交往過、很討厭的男生～
尤其是TRF的歌…

差點露餡

生日的時候收到了禮物能量手環
愛情
成就戀情
顏色很可愛
希望
於是拿來戴戴看
啊，這個人也戴著能量手環耶…
和我的同一款，想必也是想獲得愛情吧…
現在有很多人都戴能量手環呢
換句話說…知道這個手環的人看到了
啊，是能量手環
看起來就像30歲以上
哦－祈求愛情的傢伙啦…
不就等於自己爆料目前30歲還單身！？

慎重地把它收起來…

煙火

某個夏夜
一個人回家的路上
剛買的
乒
砰
乒
嘩啦嘩啦
聽到遠方有
施放煙火的聲音
啊～
今天好像
哪裡在
放煙火呢…
心裡突然
焦躁起來
這種時候
我竟然是在
這裡走著…
我以前租的
那間房間
一整年都可以
看到煙火
遠遠能瞧見
情人旅館的
招牌…
Hote
而且剛剛好
能夠看到
漂亮的煙火…

我的秘密

公司的晚輩同事來家裡玩—
我可以看雜誌嗎？
請便～
…
森下小姐，這是甚麼備忘錄啊？
從躲躲藏藏的
30歲單身搖身一變成為
充滿魅力的30歲女人
PM 6:00 在餐廳集合
小廣不在
啊，那是打算畫在書裡的題目…
但後來這份草稿不見，就沒畫出來了
（畢竟是短篇漫畫嘛…）
底下是遊戲的備忘錄
不是NDS而是PS2
身為30歲．單身的前輩，叫我怎麼跟她解釋咧…
那個嘛～

暫時還是一個人

恭喜兩位～
今天是表妹結婚的日子
哇～
呵呵呵
至於表妹的結婚典禮嘛…畢竟不是很熟的親戚
所以記不太清楚了…
哥哥
加上身邊坐的是這兩位
不太好相處的爸爸
據說新郎新娘從18歲開始交往，9年之後的今天結婚
恭喜～
我也會有那麼一天，跟她一樣站在那裡嗎
目前看來是沒這個機會啦

已經過了30歲大關
目前還是單身~~
有這種覺悟的我
如今正邁向33歲後半
再過1年多
我就35歲了
35歲可以算是
一個分水嶺
所以一定要在
35歲前…
話說我隔壁
就坐著一位
30多歲的
單身男子
老哥呀~
你要怎麼
辦婚禮？
聽到這種問題
一開始對方是不會
有反應的
⋮
我不洩氣
再接再厲
老哥呀~
有沒有打算
結婚？

老哥呀~你的婚禮~
幹嘛每次見面都問這個啦…
唉唷~~做個參考嘛
我也想知道30多歲未婚男性的心聲啊~
哈哈哈
難道你不想在40歲之前結婚嗎？
啊~
沒~沒那回事啦
不過男生晚點結婚也無所謂呀
爲什麼
到時候娶個年輕女孩不就成了
娶得到嗎？
就是有女生特別喜歡上年紀的男性呢
最近有嗎？
嗯~多少吧~

中獎運

應…應該是沒有吧
女性就不是這樣了~
還是得趕在30歲前嫁掉才行
是嗎~現在不是有很多人30幾歲才結婚嗎
那只適用在藝人或少數人身上啦
那你剛才說有女生喜歡年紀大的男生
難道是指像佐藤浩市之類的老練男人？
哼
不是啦~反正男生晚婚無所謂
女生就不行了
你這種毫無根據的自信是打哪來的呀？
就是這樣才會有一堆男生到了40、50歲了還是單身啦
接下來請這桌的客人一起拍照
20出頭的俊男美女夫妻
喀嚓

「30幾歲未婚兄妹」檔
真討厭這樣的稱呼…
每次都這樣，總是故意跳過自己的狀況，彼此口無遮攔、想講什麼就講什麼
針對這話題我和老哥總能你一句我一句吵個沒停
但若是跟父母
會有所顧慮而不提…
或者朋友
很少頂回去…
但如果換成了老哥我就甚麼都敢說、也很敢回嘴
（明明1年才見這麼一次面）
偶爾還會像這樣
赤裸裸地挑明30歲單身者的現實面
給我看清事實!!
…
我認為這在人生路上是一種良性的刺激
老哥應該覺得超困惑吧

但話說回來
我自己有陣子
工作之餘吃吃美食~~~
再去狠狠血拼
輕鬆~
就覺得自己
一個人過日子
也很不錯呀，
幹嘛在乎周遭人的看法
就這樣
一步一步
邁向
懶散之路
前一陣子
連放三天假
我哪裡也沒去
就泡在家裡
打電動
或是上網
買東西
睡飽吃~
吃飽睡~
悠悠
哉哉
起床之後
發現臉部肌肉
變得好鬆垮唷？
是因為……
變胖了
怎麼會這樣？
才3天而已耶？
敬馬ー慌

這下慘了
拉
拉
按摩
看來我得要有「30歲單身」的危機意識才行啊
剛滿30歲時
注意到服裝…
雖然馬上就注意到「30歲單身」這件事
注意旁人的眼光…
心裡卻覺得無所謂…
所以偶爾還是有必要利用老哥來喚醒自己要注意現實啊
給老哥添麻煩
隨時提醒自己「30歲單身」這件事
雖然很累人
但也不見得是壞事

從此以後…
對「30歲單身」的人來說這件衣服看來如何咧
不會太廉價 也不會太年輕
看起來不像個家庭主婦，也不像是未婚…
(那到底是什麼)
身為「30歲單身」，家裡一定要隨時保持在能把男伴帶回家的狀況
超健康——
這種採購內容很適合「30歲單身」的人唷
秋葵
布丁
礦泉水
納豆
雞肉
身為「30歲單身」怎可老是想著賴床呢
反省…

就像這樣無論如何
在35歲之前一定要盡我最大的努力

連載完成的感謝詞

非常感謝各位讀者
將《我的單身不命苦》
從頭到尾
整個看完。

直到今天，
我還是不敢相信
自己的作品
竟然真的出版上市了。

人生真是無常啊～
這是年過30的我
此刻的真心感觸。

接下來的日子
說不定還會有
毫無預警的相遇
閃電結婚？
我倒是衷心期待
這種事的發生啦。
總之，
往後的每一天，
我還是會
元氣滿滿的過下去。
最後再向大家
鞠躬並說聲
謝謝～

森下惠美子

後記
非常感謝各位讀者將《我的單身不命苦③》全書看完
本書出版了3集，如今算是進入了尾聲
真是感觸良多啊
一路走來畫得滿開心的
不過我的「30歲單身」之路倒是尚未結束…
可惜無奈
我的「30歲單身」究竟會以甚麼方式終結呢？
結婚
邁入40歲未婚的新階段
說不定幾年之後會出現這本書…
我的單身不命苦持續中
「40歲‧單身‧無男友」
可怕的是內容竟然沒甚麼改變…
唉～

最後，我要向大家
致上最大的謝意
喜歡我作品的
讀者們，把感想
寫在明信片或E-MAIL
寄來與我分享的朋友們
來自各方的溫暖支持
以及彷彿剛出爐般
熱騰騰的鼓勵
你們的種種好意
我在這裡跟大家
鞠躬致謝了!!
今後讓我們彼此
相互扶持、繼續努力吧～
還有還有
承蒙大家的照顧
為了本書的出版而
盡心盡力
的工作
人員們
以及從頭到尾
都很愛護我的
MEDIA FACTORY出版社
今尾編輯
非常
感謝你們
對你們的感激之情
實在非筆墨
能形容啊!!
那麼我們有緣再見囉～

Titan 062

我的單身不命苦 3

森下惠美子◎圖文
陳怡君◎譯

發行人：吳怡芬
出版者：大田出版有限公司
台北市106羅斯福路二段95號4樓之3
E-mail：titan3@ms22.hinet.net　http：//www.titan3.com.tw
編輯部專線：（02）23696315　傳真：（02）23691275
【如果您對本書或本出版公司有任何意見，歡迎來電】
行政院新聞局版台業字第397號
法律顧問：甘龍強律師

總編輯：莊培園
主編：蔡鳳儀　編輯：蔡曉玲
企劃行銷：蔡雨蓁　網路行銷：陳詩韻
校對：陳佩伶/陳怡君
承製：知己圖書股份有限公司　電話：(04)23581803
初版：二〇一〇年（民99）三月三十日　定價：220元
總經銷：知己圖書股份有限公司　郵政劃撥：15060393
（台北公司）台北市106羅斯福路二段95號4樓之3
電話：（02）23672044/23672047　傳真：（02）23635741
（台中公司）台中市407工業30路1號
電話：（04）23595819　傳真：（04）23595493
國際書碼： 978-986-179-162-3　CIP：861.6/99001636

廣	告	回	郵
北區郵政管理局登記證北台字1764號			
免	貼	郵	票

To：大田出版有限公司　編輯部收

地址：台北市 106 羅斯福路二段 95 號 4 樓之 3
電話：（02）23696315-6　傳真：（02）23691275
E-mail：titan3@ms22.hinet.net

From：地址：

姓名：

＊請沿虛線剪下，對摺裝訂寄回，謝謝！

大田精美小禮物等著你！

只要在回函卡背面留下正確的姓名、E-mail和聯絡地址，
並寄回大田出版社，
你有機會得到大田精美的小禮物！
得獎名單每雙月10日，
將公布於大田出版「編輯病」部落格，
請密切注意！

大田編輯病部落格：http://titan3.pixnet.net/blog/

智 慧 與 美 麗 的 許 諾 之 地

＊請沿虛線剪下，對摺裝訂寄回，謝謝！

閱讀是享樂的原貌，閱讀是隨時隨地可以展開的精神冒險。

因爲你發現了這本書，所以你閱讀了。我們相信你，肯定有許多想法、感受！

讀　者　回　函

你可能是各種年齡、各種職業、各種學校、各種收入的代表，

這些社會身分雖然不重要，但是，我們希望在下一本書中也能找到你。

名字／＿＿＿＿＿＿ 性別／□女 □男　出生／＿＿＿年＿＿＿月＿＿＿日

教育程度／＿＿＿＿＿＿

職業：□ 學生　□ 教師　□ 內勤職員　□ 家庭主婦

□ SOHO族　□ 企業主管　□ 服務業　□ 製造業

□ 醫藥護理　□ 軍警　□ 資訊業　□ 銷售業務

□ 其他＿＿＿＿＿＿

E-mail/＿＿＿＿＿＿＿＿＿＿ 電話/＿＿＿＿＿＿

聯絡地址:＿＿＿＿＿＿＿＿＿＿＿＿＿＿

你如何發現這本書的？　書名：我的單身不命苦③

□書店閒逛時＿＿＿＿書店 □不小心在網路書站看到（哪一家網路書店？）＿＿＿＿

□朋友的男朋友（女朋友）灑狗血推薦 □大田電子報或網站

□部落格版主推薦＿＿＿＿＿＿

□其他各種可能，是編輯沒想到的＿＿＿＿＿＿

你或許常常愛上新的咖啡廣告、新的偶像明星、新的衣服、新的香水……

但是，你怎麼愛上一本新書的？

□我覺得還滿便宜的啦！ □我被內容感動 □我對本書作者的作品有蒐集癖

□我最喜歡有贈品的書 □老實講「貴出版社」的整體包裝還滿合我意的 □以上皆非

□可能還有其他說法，請告訴我們你的說法

＿＿＿＿＿＿＿＿＿＿＿＿＿＿

你一定有不同凡響的閱讀嗜好，請告訴我們：

□ 哲學　□ 心理學　□ 宗教　□ 自然生態　□ 流行趨勢　□ 醫療保健

□ 財經企管　□ 史地　□ 傳記　□ 文學　□ 散文　□ 原住民

□ 小說　□ 親子叢書　□ 休閒旅遊　□ 其他＿＿＿＿＿＿

一切的對談，都希望能夠彼此了解，

非常希望你願意將任何意見告訴我們：

大田出版有限公司編輯部 感謝您！